不读诗，无以言

陪孩子读古诗词

草木芬芳

廉萍 ○ 编著

叶媛媛 ○ 绘

中国少年儿童新闻出版总社
中国少年儿童出版社
北 京

目录

早春呈水部张十八员外

◎ 唐·韩愈

天街小雨润如酥，
草色遥看近却无。
最是一年春好处，
绝胜烟柳满皇都。

4

　　韩愈，是唐代的一位大诗人。张十八员外，指当时担任水部员外郎的张籍，他在兄弟辈中排行十八。韩愈约他去春游，他说年纪大了，事情太多脱不开身，不想去。韩愈于是写诗，极力夸赞早春的景色之美，希望打动他。

　　天街，指首都长安城的街道。酥，就是酥油，也叫奶酪，这里形容春雨滋润。绝胜，远远胜过。作者认为，一年里春光最好的时候，就是"草色遥看近却无"，远远看着有，走近了又好像没有，似有如无，而不是"烟柳满皇都"的春深时刻，绿色满眼都是。

咏 柳

◎ 唐·贺知章

碧玉妆成一树高，

万条垂下绿丝绦。

不知细叶谁裁出，

二月春风似剪刀。

丝绦（tāo），丝带。

诗说

　　和小草一样，柳树也是最早带来春天消息的植物之一。

　　碧玉，是美玉的名字，也是美女的名字。这里把春天的柳树，比喻成打扮得漂漂亮亮的小姑娘。万千枝条随风飘垂，如同她衣裙上绿色的丝绦。这些细细的叶子，是谁一片片裁出来的啊？原来二月春风就是剪刀。尤其最后一句的比喻，真是新颖可爱，令人过目难忘。

相 思

◎ 唐·王维

红豆生南国，春来发几枝。

愿君多采撷，此物最相思。

撷（xié），摘下。

　　古人笔下的"相思"，不仅限于男女。家人、朋友、邻居、情人，只要思念，全都可以。这首小诗，当初就是赠给朋友的。它还有另一个标题——《江上赠李龟年》。

　　红豆树生长在南国，现在春天到了，它正在生长新枝吧？希望你多多采摘，因为它最能寄托我们的思念之情啊。漫漫人生路，相思相爱，是我们彼此能够给予和得到的最好礼物啊。

9

游园不值

◎ 宋·叶绍翁

应怜屐齿印苍苔，

小扣柴扉久不开。

春色满园关不住，

一枝红杏出墙来。

不值，没有遇到。

扉（fēi），门扇。

诗说

　　这首小诗，春意盎（àng）然：诗人本想进花园游赏，可敲了半天门，也无应答。也许主人不在家，也许是怕游客穿的木鞋踏坏了青苔，才不肯开门吧。可是那满园的春色怎么关得住呢，一枝红杏早已探出墙来。轻松玩笑的口气，让盎然的春意更加活泼灵动。

辛夷坞

◎ 唐·王维

木末芙蓉花，
山中发红萼。
涧户寂无人，
纷纷开且落。

　　诗人王维在辋（wǎng）川，也就是今天的陕西省蓝田境内，有一片别墅，里面有一个小山谷种满了辛夷花，也叫紫玉兰。辛夷的花苞长在枝条末端，所以说"木末芙蓉花"；形如毛笔，所以又称"木笔花"。坞（wù），指四周高中间低的洼地。

　　山中的辛夷花，开满了红色的花朵。山涧小屋静寂无人，唯有这些花儿，纷纷开放，又纷纷飘落。其中含有禅静之意，只好自己体会了。

题都城南庄

◎ 唐·崔护

去年今日此门中，
人面桃花相映红。
人面不知何处去，
桃花依旧笑春风。

诗说

　　这首诗的背后，有一个小故事：有一年的清明时节，崔护到城外的南庄郊游，在一户桃花盛开的人家，遇到一位可爱的女孩子。崔护口渴了，女孩子给他水喝。第二年再来的时候，桃花依然开得很好，女孩子却不见了。诗人心中怅惘，写了这首诗。真是美丽的季节，美丽的忧伤啊。

春游湖

◎ 宋·徐俯

双飞燕子几时回？
夹岸桃花蘸水开。
春雨断桥人不度，
小舟撑出柳阴来。

诗说

　　这是一首意境优美的春天小诗。诗人劈头就问："双飞的燕子啊，你们是什么时候回来的呢？"表达了惊喜之情。随后说："呀！两岸开放的桃花，枝条都垂到水面上了。"

　　接着，诗人又注意到，由于绵绵春雨引发春水上涨，小桥都被淹没了，人没法走过去。这可怎么办呢？恰好柳荫深处，撑出一只小船。作者情绪的细微变化，正体现了春天带给大自然的变化。

东栏梨花

◎ 宋·苏轼

梨花淡白柳深青，

柳絮飞时花满城。

惆怅东栏一株雪，

人生看得几清明。

诗说

　　苏轼这首诗写于近千年之前的清明时节，赴任徐州后，回忆并怀念自己在密州做太守时，东栏的一株梨花。

　　清明时节，梨花已经由浅红的花苞开成白色，柳色也已经由淡黄转为深青。这柳絮纷飞的时候，也正是花开满城的好时节。密州东栏的那株梨花，现在也应该开得很好了吧？这样美好的风景，一辈子能看到几回呢？诗人想到这里，情绪不觉有些低落。

同儿辈赋未开海棠

◎ 金末元初 · 元好问

枝间新绿一重重，

小蕾深藏数点红。

爱惜芳心莫轻吐，

且教桃李闹春风。

诗说

诗人和孩子们一起欣赏还没有开花的海棠，写了两首诗。

第一首的前两句是："翠叶轻笼豆颗均，胭脂浓抹蜡痕新"，再加上这首诗的前两句——诗人把海棠花的骨朵比作一颗颗红色的豆粒，像涂了蜡一样崭新，深藏在重重绿叶之中。大家有时间，不妨去观察下未开的西府海棠，就能体会到诗人描写得有多么准确精妙了。

后两句含有劝诫之意，体现了诗人自己洁身自好、与世无争的生活态度。

紫藤树

◎ 唐·李白

紫藤挂云木，
花蔓宜阳春。
密叶隐歌鸟，
香风留美人。

22

云木，指高耸入云的大树。这里形容紫藤攀缘得很高。一个"挂"字，写出了紫藤的攀缘特性。紫藤春天开繁花，所以说"宜阳春"。因为枝叶繁茂，所以只能听到鸟鸣，却看不到鸟儿在哪里；因为花香阵阵，所以人们流连忘返，不肯离去。一首小诗，短短二十字，却写得活色生香，声味俱全。

樱桃花

◎ 宋·方回

浅浅花开料峭风，
苦无娇色画难工。
十分不肯精神露，
留与他时著子红。

娇色，一作"妖色"。

　　樱桃花是浅白色的，不起眼，但是画出来却不容易，因为画家找不到合适的颜色来表现这种娇嫩，太深不行，太浅也不行。所以诗人猜测说，它现在不肯表露出全部的美丽，应该是为了将来把那娇艳欲滴的红色，都留给果实吧。

　　樱桃的果实，我觉得，应该是颜值最高的一种水果，看看有那么多国画就知道了。再加上口感，简直就是水果界的色艺双绝，德艺双馨。

花 影

◎ 宋·谢枋得

重重叠叠上瑶台，

几度呼童扫不开。

刚被太阳收拾去，

又教明月送将来。

　　这首诗的作者，《千家诗》误署为苏轼。

　　诗句捕捉到了一天之内不同时间段里，花影的不同变化，"重重叠叠"形容花影多，可见花多；瑶（yáo）台，指用美玉装饰的楼台；"上瑶台"，写出花影随着日光而移动；收拾，指日落时花影消失，像被太阳收拾走了。但明月出来，花影又出现了。

　　著名作家萧红曾回忆，自己小时候特别喜欢念这首诗："就这'几度呼童扫不开'，我根本不知道什么意思，就念成'西沥忽通扫不开'。越念越觉得好听，越念越有趣味。"

萍池

◎ 唐·王维

春池深且广，会待轻舟回。
靡靡绿萍合，垂杨扫复开。

靡（mǐ）靡，缓缓、慢慢地。

　　春天是树的世界、花的海洋，一般很少有人能注意到池塘中的浮萍。可是诗人注意到了，并且精确地描写了出来：在一片深广的池塘里，一艘小船划过。被小船冲到两边的浮萍，正缓缓合拢，又被春风拂动的垂柳枝条，轻轻扫开。非常普通的场景，被拈到诗中，就成了诗意。

如梦令

◎ 宋·李清照

昨夜雨疏风骤，
浓睡不消残酒。
试问卷帘人，
却道海棠依旧。
知否，知否？
应是绿肥红瘦！

如梦令，词牌名。

词说

　　李清照是宋代著名女词人。这是她年轻时候写的一首特别可爱的小词，明白如话。

　　昨夜雨虽然下得不大，但风却厉害。我喝多了，一夜睡得很沉。早晨醒来，赶紧问正在卷帘的侍女："海棠花怎么样了？"她随口说："还和昨天一样。"唉，你知道吗，你知道吗，经过一夜风雨，应该是绿叶多红花少了啊！

晚 春

◎ 唐·韩愈

草树知春不久归，

百般红紫斗芳菲。

杨花榆荚无才思，

惟解漫天作雪飞。

诗说

　　这首诗属于作者的《游城南十六首》之一，描写晚春情景。

　　"百般红紫斗芳菲"一句，很容易让人想起朱熹的"万紫千红总是春"。不过朱熹的句子少了些感情，韩愈的这句用了一个"斗"字，就把草树写活了，它们抓住春天的尾巴争奇斗艳。那些柳絮榆钱儿没有草树这样千变万化的才情，只知道像雪一样单调地漫天飞舞。才思的思，读作 sì，做名词，这样读才合乎平仄。

　　东晋才女谢道韫（yùn）把雪花比作柳絮，说"未若柳絮因风起"，这首诗反过来，把柳絮比作雪花，也是一样的聪明啊。

暮春归故山草堂

◎ 唐·钱起

谷口春残黄鸟稀，
辛夷花尽杏花飞。
始怜幽竹山窗下，
不改清阴待我归。

春天快要过去，黄莺的叫声都不容易听到了。辛夷花已经开尽，杏花正纷纷飘落。诗人回到了谷口——自己山中的草堂，发现只有窗前的竹子还像以前一样青翠成荫，好像在一心一意等他回来。

　　其实鸟去鸟来、花开花落，和竹子的四季常青，都是自然现象，不会因人的心情而改变。但诗人的心情，却因为自然景色的变化，发生了很大变化。因为古人说过"情之所钟，正在我辈"呀。

春 日

◎ 宋·秦观

一夕轻雷落万丝，

霁光浮瓦碧参差。

有情芍药含春泪，

无力蔷薇卧晓枝。

　　这首诗写一场春雨之后的情形。"轻"是春雷的特点,不是夏天雷阵雨时的那种"炸雷";"落万丝",形容春雨的细密,不同于夏日的瓢泼大雨。"霁(jì)光"是雨后初晴的柔和光线,与碧瓦上的水光流转相映。被雨水淋过的芍药,像含着多情眼泪;蔷薇也娇弱无力地趴在枝头。整首诗写得轻柔细腻,难怪元好问把它称作"女郎诗"。

客中初夏

◎ 宋·司马光

四月清和雨乍晴，

南山当户转分明。

更无柳絮因风起，

惟有葵花向日倾。

诗说

　　这首诗的作者就是那位砸缸的司马光。他后来成为北宋著名的政治家、文学家和历史学家。

　　作者客居洛阳时写的这首诗，描写的是初夏风光。四月天气，清明和暖；雨过天晴，门前山色更加青翠明净。暮春时节随风四处飘扬的柳絮早就没了，只有新开的蜀葵的花朵一直朝着太阳。

　　葵花，这里指蜀葵。一说指冬葵，一种蔬菜的花朵，绝对不是向日葵哦。向日葵原产南美洲，大约明朝才传入中国。有人认为最后两句含蓄地表达了诗人对自己政治理想的坚持。

赏牡丹

◎ 唐 · 刘禹锡

庭前芍药妖无格，
池上芙蕖净少情。
唯有牡丹真国色，
花开时节动京城。

诗说

　　四月中旬，谷雨前后，正是牡丹开放时节。"花开时节动京城"，差不多是写牡丹最著名的句子，无可替代。唐朝以来，人们就把牡丹称为"花王"了。

　　为了衬托牡丹的国色天香，诗人甚至不惜想方设法，批评另外两种也特别漂亮的花：一种是芍药。芍药的形状本来与牡丹相似，但因为它是草本植物，牡丹是木本植物，看起来不如牡丹挺立有骨骼，所以就批评它"妖无格"，妖艳无格调。一种是芙蕖（fú qú），即荷花。因为生在水中，不容易接近，可远观不可亵（xiè）玩焉，就批评它"净少情"，是不是有点不讲道理呢？

山亭夏日

◎ 唐·高骈

绿树阴浓夏日长，

楼台倒影入池塘。

水晶帘动微风起，

满架蔷薇一院香。

诗说

　　夏天到了，白天变长，绿树成荫，叶子越来越茂密。楼台的倒影静静映在池塘中。微风吹过，水晶帘轻轻晃动，院子里满架盛开的蔷薇花，清香四溢，真是安静。

　　蔷薇不仅花型漂亮，花色鲜艳，而且花期很长，可以一直从春开到夏，你不要错过哦。

榴花

◎ 唐·韩愈

五月榴花照眼明，
枝间时见子初成。
可怜此地无车马，
颠倒青苔落绛英。

绛（jiàng）英，红色的花。

诗说

　　仲夏五月，端午前后，正是石榴花开的时候。

　　诗人韩愈所写的这个地方，也是榴花似火，照得人眼前一亮，绿枝间偶尔可见已经结成的小小石榴。但这里人迹罕至，车马稀少，唯有红色的花瓣，纷纷洒落在青苔地上，真是令人怜惜叹惋啊。

小池

◎ 宋·杨万里

泉眼无声惜细流，
树阴照水爱晴柔。
小荷才露尖尖角，
早有蜻蜓立上头。

诗说

　　这首小诗，描写一个小池塘初夏的情景：一眼小小的泉水是它的源头，细细的流水悄然无声地流进来；小池塘边有棵树，树荫倒映在水面上，好像非常喜欢这夏日晴柔的天气。池塘里，娇嫩卷曲的小荷叶，刚从水面露出尖尖的角；一只调皮的小蜻蜓，已经停落在它的上头。

　　现在，人们经常用"小荷才露尖尖角"这句话，来称赞那些刚刚开始展露才华的孩子。

夏日田园杂兴

◎ 宋 · 范成大

梅子金黄杏子肥，

麦花雪白菜花稀。

日长篱落无人过，

唯有蜻蜓蛱蝶飞。

蛱（jiá）蝶，蝴蝶的一种，
翅膀红黄色，有黑色纹饰。

48

　　范成大是南宋著名诗人，他退居家乡后，写了一组六十首《四时田园杂兴》，描写江南农村春、夏、秋、冬四季风景和农家生活，被称为"中国古代田园诗的集大成"。这首是其中之一，描写夏季情景。杂兴，就是杂感、随想。

　　梅子已经成熟变黄，杏子也长大了。菜花稀稀落落，麦花正一片雪白。白天越来越长，行人稀少。篱笆四周静悄悄的，只有蜻蜓和蝴蝶在飞。前两句颜色鲜明，后两句以动写静，都是好句子。

晓出净慈寺送林子方

◎ 宋·杨万里

毕竟西湖六月中，
风光不与四时同。
接天莲叶无穷碧，
映日荷花别样红。

　　这首诗是诗人清晨送别朋友林子方时写的，实在是太有名了。仔细想想，真是写得很好。现在毕竟是西湖的农历六月，这是最好的季节，风景和别的时候都不一样。碧绿的莲叶一直长到天边，红色的荷花在阳光照耀下，颜色格外鲜艳，对比也格外鲜明。想象一下那无边无际、开得正盛的荷花吧。

苔

白日不到处，
青春恰自来。
苔花如米小，
也学牡丹开。

这首小诗，写的是平时不为人注意的苔花。

虽然生长在阳光照射不到的阴凉角落，花朵只有米粒那么小，但是它依然努力开放，就像牡丹一样，积极充分地展示自己的生命力和魅力。并不因为客观条件差，就放弃自己。这真是一首励志的小诗啊！

巴女谣

◎ 唐·于鹄

巴女骑牛唱竹枝，

藕丝菱叶傍江时。

不愁日暮还家错，

记得芭蕉出槿篱。

诗说

"巴"是地名，在今四川省巴江一带。"竹枝"指竹枝词，巴渝一带的民歌。"藕丝"指荷叶、荷花。"槿 (jǐn) 篱"就是木槿花树做的篱笆。

一个巴地的小女孩，骑在牛背上，唱着当地山歌，沿着满是荷花、菱叶的江岸，慢悠悠地走着。不怕天黑了找不到回家的路吗？不怕，我记着呢，那门前有一棵芭蕉高高地挺出了木槿篱笆的，就是我家——唉，跟这个地标相比，门牌号什么的，真是太普通了。

西江月·夜行黄沙道中

◎ 宋·辛弃疾

明月别枝惊鹊，

清风半夜鸣蝉。

稻花香里说丰年，

听取蛙声一片。

七八个星天外，

两三点雨山前。

旧时茅店社林边，

路转溪头忽见。

别枝，斜枝。

茅店，小旅店。

社林，社庙的树林。

这首小词，是辛弃疾隐退期间，有一次夜间行经黄沙岭道时写的。

　　夏天的夜晚，也是热闹的，不仅路上有行人，树上还有惊鹊，有鸣蝉，田间有连成一片的蛙声，稻花香里，还有人们谈论丰收年景的聊天声。夏季阴晴不定，雨总是来得很容易。刚刚还是清风明月，天上闪着星星，忽然就落下几点雨来。大家急忙找地方躲避，拐了个弯儿，蓦地发现，以前住过的茅店，就在面前。

　　词中不断进行时空转换，很好地突出了"夜行"两个字。

立秋

◎ 宋·释道璨

碧树萧萧凉气回，

一年怀抱此时开。

槿花篱下占秋事，

早有牵牛上竹来。

萧萧，状声词，形容落叶声。

　　立秋之后，天气慢慢开始转凉，变得秋高气爽。古人将立秋分为三候，每候五天："一候凉风至；二候白露生；三候寒蝉鸣。"虽然看着萧瑟，实际上，春花繁盛，夏花灿烂，秋花更是芬芳凛冽，比如牵牛、拒霜、菊花、桂花、豆花等等，都不容错过。

　　这首小诗后两句，写的就是秋花的热闹：木槿（jǐn）花在篱笆下开得正好，占尽了秋日的风光，牵牛花则早早爬上了高高的竹子。

题信上人春兰秋蕙

◎ 元 · 揭傒斯

幽丛不盈尺，

空谷为谁芳。

一径寒云色，

满林秋露香。

诗说

    这组诗一共四首，前两首写春兰，后两首写秋蕙（huì）。古人认为：一箭一花香气清远为兰，一箭数花香味略淡为蕙。其中第三首写诗人循着香气，到深山中寻找蕙兰。这里选的是第四首，写诗人在深山空谷中找到了正在开花的秋蕙。

    小小一丛幽静的蕙兰，高不足尺。它在这空旷无人的山谷中悄悄开放，是为了谁呢？回望来时的小路，寒烟苍苍。整个树林秋露欲滴，飘满蕙兰的芳香。

菊 花

◎ 唐·元稹

秋丛绕舍似陶家，

遍绕篱边日渐斜。

不是花中偏爱菊，

此花开尽更无花。

诗说

　　秋丛，指菊花。陶家，指东晋陶渊明。因为他特别喜欢菊花，所以后来凡是写到菊花的诗人，几乎没有不提他的。

　　菊花种满房屋四周，作者来来回回赏菊，从早到晚都不觉厌烦。为什么这么喜欢菊花？因为菊花谢了就再也没有别的花了。其实"此花开尽更无花"，这话说得太绝对了，相信每个小朋友都能举出很多反对的例子来。不过没办法，诗人都是有偏见的。

山 行

◎ 唐·杜 牧

远上寒山石径斜，
白云生处有人家。
停车坐爱枫林晚，
霜叶红于二月花。

诗说

　　生活在北方的小朋友们，每到秋天和初冬，都可以看到枫树、黄栌、银杏等的叶子变得火红、金黄，然后落光，等到来年春天再发出新芽。

　　唐代的这位大诗人，正在充满寒意的山间赶路，也遇到了这种美丽的风景。他忍不住停下车来欣赏，因为觉得，这些被霜染红的叶子，比春天的花儿还要鲜艳呢。

竹 石

◎ 清·郑燮

咬定青山不放松，

立根原在破岩中。

千磨万击还坚劲，

任尔东西南北风。

诗说

郑燮（xiè），号板桥，是清代著名书画家，"扬州八怪"之一，非常善于画竹子。这首《竹石》，就是一首题画诗。

画中是竹子和石头，所以诗里的"青山""破岩"，都是着眼于石头。因为扎根青山，有石头做根基，所以任凭东南西北的大风吹来，竹子都坚韧屹立，不会倒掉，像人一样立场坚定，不易动摇。

所以，整首小诗虽然说的是竹子，其实说的是自己。

赠刘景文

◎ 宋·苏轼

荷尽已无擎雨盖，
菊残犹有傲霜枝。
一年好景君须记，
最是橙黄橘绿时。

擎（qíng）雨盖，荷叶。

诗说

　　冬天到来，荷花早就开尽，连荷叶也都没了。菊花只剩下残枝。诗人说："看着衰败，但仍然不妨这是一年中最好的日子啊，因为橙子黄了，橘子绿了。"

　　这首诗是苏轼赠给好友刘景文的。当时两个人都五十多岁了，境遇也都不算顺利，所以诗中含有互相勉励的意思。相近含义的诗，还有刘禹锡的那句"莫道桑榆晚，为霞尚满天"。

梅花

◎ 宋·王安石

墙角数枝梅，凌寒独自开。
遥知不是雪，为有暗香来。

凌寒，冒着严寒。
暗香，闻得着、看不见的幽香。

诗说

　　这首小诗写墙角初开的几枝白梅花，非常传神。诗中没有一个"白"字，读者却知道这一定是白梅花，因为作者用了"雪"来做比喻。却又不直接说像雪，反倒说"不是雪"，因为比枝头雪，多着一缕暗香。"遥知"两个字也好，不必走近细看，就知道是梅花，可见香气清远。

　　梅花和雪是一对好朋友，诗人们经常拿它俩做比较，比如宋代卢梅坡的"梅须逊雪三分白，雪却输梅一段香"。

小 松

◎ 唐·杜荀鹤

自小刺头深草里，
而今渐觉出蓬蒿。
时人不识凌云木，
直待凌云始道高。

刺头，埋头。

　　幼小的松树苗，刚萌生时，隐没在深深的野草中。如今渐渐长大，挺拔出众，超出了那些蓬蒿（péng hāo）之类的野草。世上的人早先看不出来这是栋梁之材，直到它长成参天大树了，才惊叹它非同寻常的高度。

　　这首诗虽然表面在写小松树，但充满了诗人自己的人生感慨：一个人在没有成才之前，有多少人能理解并欣赏他呢？

春到人间草木知，一起读诗吧

"子曰：小子何莫学夫诗？诗，可以兴，可以观，可以群，可以怨。迩之事父，远之事君，多识于鸟兽草木之名。"这句话出自《论语》，是孔子两千多年前说的，虽然这里的"诗"特指《诗经》，虽然人们通常认为前面几句更重要，但我仍然觉得，"多识于鸟兽草木之名"几个字，像是特地为我们这本小书准备的。

这本小书里选的诗，配的图，都和植物相关。其中一个重要目的，就是让小朋友们能够读到和日常生活紧密联系的诗；在学诗的同时，更加全面深刻地认识各种植物。

植物和我们人类的关系，实在是太密切了，首先它们可以吃：粮食、水果、蔬菜，都是植物；可以穿：从古至今，棉、麻、葛等等都是做衣服的重要原料；木头做栋梁的房子可以住，木头造成的车、船可以帮我们出行……总之，离开植物，人类就无法生存。所以，我们的古人一生大部分时间，都是在和植物打交道。

慢慢地，除了实用价值以外，他们开始发现，有些植物还很漂亮，比如春天的桃杏、夏天的荷花、秋天的枫叶、冬天的松柏，甚至不起眼的小草……那些五彩绚烂、变幻多端的颜色：桃红李白，橙黄橘绿，红了樱桃，绿了芭蕉……更是构成了美丽大自然的缤纷底色。

再慢慢地，人们开始感受到，这些实用的、美丽的、朝夕相处的植物其实和自己的心情、境遇也密切相关——喜怒哀乐都是相通的。比如，高兴的时候，"隔窗花影也欣欣"；伤心的时候，"感时花溅泪"；悠闲的时候，"满架蔷薇一院香"；落寞的时候，"雨打梨花深闭门"……每到这个时候，人和植物，人和自然，已经浑然一体、不可区分了。

　　上面提到的《诗经》，也就是中国古代第一部诗歌总集里，我们已经可以看到很多很多植物的名字：参差荇菜，桃之夭夭，桑叶沃若，杨柳依依，彼黍离离，蒹葭苍苍，山有扶苏，隰有荷华……简直就是一部植物小百科。历代都有人为这些植物画美丽的图，现在还有很多种画册。几千年前的植物，和我们现在看到的，并没有太大区别呢。

　　在随后两千多年的古人写诗的历史上，植物一直都没有缺席。几乎生活中每种植物，都能在诗人的歌咏中找到。有些植物，还形成了自己独特的象征意义，让人一眼看到就能联想起某种心情、某种品德。从屈原穿戴的芰荷，到陶渊明把酒的篱菊，从李清照黄昏细雨中的梧桐，到王冕洗砚池头的墨梅都是如此。人和植物之间的默契，这些美丽的文字都知道。

　　这些植物，能吃吗、好吃吗、怎么吃、有什么药用价值，古人用认真的文字，一板一眼写进书里，就是《本草纲目》。但是用和谐的韵律、特定的句式、优美的文辞融入思想感情写出来，就是诗歌。歌是可以唱的，古代的诗都可以配乐演唱，后来才慢慢变成只要念就可以了。

　　现在，小朋友们跟着老师、家长学读诗，很容易就会发现，它们念起来都很好听。因为它们原来都是押韵的，而且大都讲究平仄。虽然古代的读音发展到现在，已经发生了很大变化，有些念起来没那么上口了，但最基本的韵律还都在。所以，这些好听的句子，学习它的第一件事，就是背下来。小时候背会的东西，长大以后很难忘掉。这样，等小朋友们长大以后，该用到这些古诗词的时候，就能毫不费力地想起来。

会背，再加上一些理解，就更好了。有些诗表达的思想感情，可能孩子暂时不容易领会，但这本小书里，我们选的都是日常容易见到的植物。所以，平时出去玩的时候，可以请爸爸妈妈告诉孩子，哪种植物是这些诗里写过的，这些诗里写过的植物在哪里可以看到。顺便还可以评论下，古代那些诗人到底写得怎么样，好不好，像不像。这样学习，是不是很有趣？

记住这些诗，等将来长大的时候，再遇到和古人类似的情景，说不定就引起共鸣了。而且，如果将来小朋友们继续学习中国古代的历史、文化、哲学、艺术之类的知识，这些诗歌说不定就埋伏在未来的哪段道路上，正等着帮助他们呢。

我们希望这本书能够实现亲子共读，所以在天气好的时候，爸爸妈妈请放下手头的工作，孩子请放下游戏机，带上这本书，一起出门寻诗吧。我相信这一切，都将成为我们人生中最美好的记忆。

廉　萍

作者

廉　萍　北京大学古代文学博士，副编审，目前供职于人民文学出版社。爱读诗，更喜轻揭诗文背后的故事和故情，喜欢在诗中、在书中、在生活中，见天地、见古今。创办"读读写写"公众号，著有《红楼梦日历（诗词版）》《每日读诗日历》等。

叶媛媛　中央美术学院影像艺术系毕业，主要从事实验影像和插画制作。2016 年入选文化部国家艺术基金插画艺术人才培养项目。喜欢陪女儿看绘本、讲故事、角色扮演、剪纸和泥塑。

杨海波　又名播播哥，中央电视台著名配音员，长期为《新闻周刊》《新闻 1+1》《道德与观察》等新闻节目配音，也为《Discovery 探索》《传奇》《国家地理》等纪录片配音。

特别感谢北京大学中文系博士生导师张鸣教授对本书的认真审读。

图书在版编目（CIP）数据

陪孩子读古诗词.草木芬芳 / 廉萍编著；叶媛媛绘 . —
北京：中国少年儿童出版社，2017.9（2021.4 重印）
ISBN 978-7-5148-4073-5

Ⅰ.①陪… Ⅱ.①廉…②叶… Ⅲ.①古典诗歌 - 诗集 -
中国 - 少儿读物 Ⅳ.① I222.72
中国版本图书馆 CIP 数据核字（2017）第 138006 号

草木芬芳 CAO MU FEN FANG
（陪孩子读古诗词）

出版发行：　中国少年儿童新闻出版总社
　　　　　　中国少年儿童出版社

出 版 人：孙　柱
执行出版人：马兴民

策　　　划：缪　惟　史　钰　　封面设计：蔡　璐
责任编辑：史　钰　　　　　　责任校对：刘文芳
美术编辑：徐经纬　　　　　　责任印务：厉　静
社　　　址：北京市朝阳区建国门外大街丙 12 号
邮政编码：100022
总 编 室：010-57526070
编 辑 部：010-57526318
发 行 部：010-57526568
官方网址：www.ccppg.cn
印刷：北京利丰雅高长城印刷有限公司
开本：787mm×1092mm　1/12　　　印张：　7
版次：2017 年 9 月第 1 版
印次：2021 年 4 月北京第 9 次印刷
印数：90601-102600 册
ISBN 978-7-5148-4073-5　　　　定价：62.80 元
